유영철 시집

숲속의 아침

초심 유영철

충청남도 아산시 끝에서 끝 용화동 산막골 초가산간 작은 토담집에서 대 가족들 속에 힘들게 자랐다. 앞으로는 매봉산이 둘러싸여 있고 작은 뒷동산은 과수원이 둘러 있는 또 다른 이름 뒷박 골에서 10리도 넘는 국민학교도 씩씩하게 다녔다. 하교 후 소몰고 나가 소 잔등에 올라타고 소풀을 먹였다. 그러면서 사물을 관찰하고 기록하며 배운 것 들이 지금은 큰 밑거름이 된다. 제1집의 [나비의 꿈]은 곧 나의 꿈이었고 이제는 제2집 [숲속의 아침]을 펴내며 숲속의 향기와 노래를 나만의 글로 마음껏 담아내고 나의 글에 남이 아닌 내가 대변하는 글로서 써내려 갈 것이고 어느 누구도 섣불리 대변할 수는 없 을 것이고 늘 그 자리에는 내가 우뚝 서 있을 것이다.

유영철 시집
숲속의 아침

초판1쇄 인쇄 | 2018년 8월 1일
초판1쇄 발행 | 2018년 8월 1일
펴낸곳 | 도서출판 그림책
주 소 | 경기도 수원시 영통구 이의동 웰빙타운로 70
전화 | 070-4105-8439
E - mail | khbang21@naver.com
지은이 | 유영철
제작 및 편집 | 도서출판 그림책
표지디자인 | 토마토

숲속의 아침

유영철 시집

숲속의 아침

십대 학창 시절 홀로 방바닥에 배 깔고 엎드려
삼행시, 사행시, 한 줄 시, 두 줄 시
독백으로 써 내려가며
시인의 꿈을 가슴에 품고 살았다

개인 창작시집을 출간하려는 마음으로
세상의 모든 사물의 향기와 노랫소리를
책에 담고 싶은 꿈을 틈틈이 키워 왔다

중년의 지금 늦은 감은 있지만
이제는 숲 속의 향기와 노래를 담을 수 있다
이제 나의 글은 내가 대변하는 글로
써 내려갈 것이고 그 누구도 대변할 수 없을 것이다

- 맑은 영혼의 初心 유영철

초심 유영철

충청남도 아산시 끝에서 끝 용화동 산막골 초가산간 작은 토담집에서 대 가족들 속에 힘들게 자랐다. 앞으로는 매봉산이 둘러싸여 있고 작은 뒷동산은 과수원이 둘러 있는 또 다른 이름 뒷박 골에서 10리도 넘는 국민학교도 씩씩하게 다녔다. 하교 후 소몰고 나가 소 잔등에 올라타고 소풀을 먹였다. 그러면서 사물을 관찰하고 기록하며 배운 것들이 지금은 큰 밑거름이 된다.

제1집의 [나비의 꿈]은 곧 나의 꿈이었고 이제는 제2집 [숲속의 아침]을 펴내며 숲속의 향기와 노래를 나만의 글로 마음껏 담아내고 나의 글에 남이 아닌 내가 대변하는 글로서 써내려 갈 것이고 어느 누구도 섣불리 대변할 수는 없을 것이고 늘 그 자리에는 내가 우뚝 서 있을 것이다.

숲속의아침
– 초심 유영철

고요 속에 장막이 흐르고
칠흑 같은 어둠이 몰려와
세상을 모두 삼켜 버리니

싱그럽고 아름답게 들려오던
자연의 소리마저 잠재우던
숲속의 어둠을
살며시 걷어내며

뒷동산 넘어 해님이
화사하게 얼굴을 내밀고
미소 지으며 세상을 밝히니

자연의 소리마저 너도나도
소리치며 목청 높여 어서어서
일어나라 나를 깨워주네

맑은 영혼의 初心

시인과 꽃
- 초심 유영철

시인은 말로 표현하지는 않는다
어둡고 캄캄함 속에서 시어(詩語)를 찾아
한편의 글로 꽃을 피울 뿐……

꽃 또한 말하지 않고
환한 미소만 있을 뿐이다

땅속 깊이 어둠 속에서
작은 씨앗이 수분을 머금고
밝은 세상에 싹을 틔우며
한 송이의 꽃으로 피울 뿐……

시인은 글로 말하고
꽃은 향기로 말하려
그대 앞에 서 있노라

맑은 영혼의 初心

자연은 아름답다
- 초심 유영철

하늘은 높고 파랗기에 아름답고
구름은 자유로운 자유가 있기에 아름답고
바다는 깊고 넓은 푸르름이 있기에 아름답고
바람은 비단처럼 부드러움이 있기에 아름답고
꽃은 화려함에 향기가 있기에 아름답고
새는 노래하는 소리가 있기에 아름답고
야생초는 풋풋한 풋내음이 있기에 아름답고
너와 나는 통하는 소통이 있기에 아름답다

맑은 영혼의 初心

자연을 담은 글
- 초심 유영철

나는,
자랑스러운 대자연을 가슴속에 와 닿는 대로
자연스럽게 보고 느끼며
자연스러운 마음가짐으로
자연스럽게 마음 가는 대로
자유롭게 글을 쓰고 표현하며
자연스럽게 자연을 담고 있다

맑은 영혼의 初心

유영철 시집
숲속의 아침

숲속의 아침을 열며

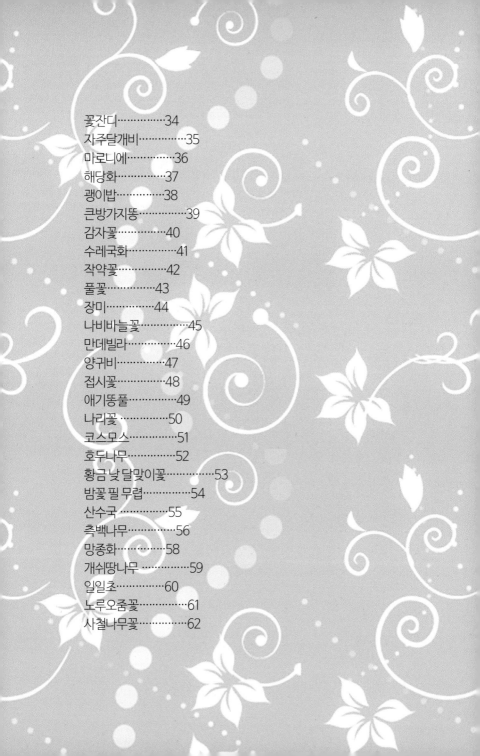

숲속의 아침을 닫으며

숲속의 아침

찔레꽃

하얀 꽃
가슴마저 서릿발처럼 시린
서글픈 꽃 찔레꽃

찔레는 아빠를 찾다 지쳐 쓰러지고
아빠는 찔레를 찾아 헤매다 죽은
그 자리에 꽃이 피어있어
딸의 이름으로 불리고 있는 꽃
찔레꽃

딸을 잃은 아빠처럼
가슴 시리도록 슬픈 찔레꽃
아빠를 잃은 딸처럼
피눈물 나도록 서글픈 찔레꽃

찔레꽃의 향기는
장미향이 아니기에
더욱더 슬픈 찔레꽃

찔레꽃을 바라보면
그리운 가족의 소중함에
가슴이 찡하게 저며 오는구나

맑은 영혼의 初心

보라색 벚꽃

자카란다(Jacaranda), 보랏빛 벚꽃
외국에서 볼 수 있는
흔하지 않은 보라색 벚꽃
신비롭기에 몽환적인 느낌
짧은 시간의 아름다움이기에
소중함과 그리움의 여운이
길게 남는 자카란다(Jacaranda),
바라보고 있으면 보랏빛 속으로
영혼마저 신비롭게 빠져들기에
더욱더 아름다운 보라색 벚꽃이로다

맑은 영혼의 初心

동백꽃

그 추웠던 겨우내
기다리고 기다리다
빨간 가슴속은
노랗게 염증이 잡혀가도

완연한 봄날까지
빨갛게 물들은 꽃잎은
사랑을 눈이 빠지도록 기다리며
남편을 찾아가다 목숨을 잃고
그 무덤에 피었다는 정열적인
빨간 동백꽃

섬을 떠나간 신랑을
기다리다 빨갛게 멍들어
향기도 잃어버린 슬픈 동백 새색시

기다리다 지쳐 충혈된 빨간 눈
차마 감지 못하고
간절히도 그리움 가슴 여며가며
애달픈 마음은 바다만 바라보고 있구나

맑은 영혼의 初心

완두콩

이른 봄 초록의 새싹이
양팔 벌려 기지개를 켜고
하얀 꽃송이를 피우며
넝쿨에 탯줄을 감아올려
드높은 창공을 향해 오르고 또 오르며
일곱 초록 알갱이의 콩알을
한 콩깍지 속에 담아가며
숨 가쁘게 결실의 정상에 도달한다

이른 봄에 태어나 늦은 봄에 생을 마감하는
초록이 완두콩은 언제나 여름, 가을, 겨울에도
만나 볼 수 있으려나

맑은 영혼의 初心

섬 담쟁이

사월 초순, 하루가 다르게
화려한 봄꽃들과 초록잎의 향연이 펼쳐지는
보길도
섬담쟁이 넝쿨들은 철을 잊어 버렸는지
아직도 열매가 가을인양 당당히도 매달려서
제철인양 뽐내며 당당하기도 하구나
어쩌면 좋을까
꽃들은 언제나 볼 수 있을 거나
철지난 계절
하늘 높이 솟구치는 웅장함이
가히 장관이로다

맑은 영혼의 初心

알로에 꽃

알로에, 선인장도 아닌 것이
잎 모양이 선인장처럼
두툼하고도 긴 잎사귀

껍질을 벗기면 얼음 알갱이처럼
미끄럽고 투명한 속살이 보인다
맛은 씁쓸하나
약용으로 쓰이고
화장품 원료로도 쓰이는
우리에게 유용한 알로에

꽃말은
어떠한 어려움이 있어도 이겨내고
반드시 성취하여 이루고마는
불굴의 의지

알로에, 슬프지만 모든 것을
다 할 수 있다는 알로에 꽃

큰 꽃 속에 작은 꽃들이
살짝 숨어있는 귀한 알로에 꽃의
신비로움 속으로 빠진다

맑은 영혼의 初心

능금꽃

능금 꽃망울이 사춘기 소녀의
젖멍울처럼
수줍은 듯 뽀얗게 주홍빛이 선명하고
하얀 꽃잎 창백히 부끄러워 넋을 잃고
하늘하늘 바람결에 가녀린 잎사귀들
살랑살랑 두 손 흔들며
목마른 숫총각 가슴을
애타게 하네

맑은 영혼의 初心

개나리꽃

밤하늘에 수많은 별들을 모두 따다
온 산기슭에 널리널리 뿌려놓고
희망찬 가슴으로
봄이 오길 이제나 저제나
손꼽으며 기다리니
저 산기슭에
은하수를 깔아놓고
나를 오라 손짓하네

맑은 영혼의 初心

두견화(杜鵑花)

중국 촉나라 임금 망제 두우(杜宇) 의
억울한 죽음이 두견새가 되어
봄이면 붉은 진달래를 보며 구슬프게 울어대고
울다가 지쳐 목에서 피가 나와 피를 삼키다가
흘린 핏자국에 붉은 진달래가 피어났다
봄이 오면 붉은 진달래꽃을 보고
슬피 우는 두견새가 애처로워 두견화라 불려왔노라

두견화는 식용으로도 쓰이고
두견화는 두견주로도 쓰이고
두견화는 약용으로도 씀으로
두견화는 참꽃으로도 부른다

맑은 영혼의 初心

민들레

이른 봄 따뜻한 양지 녘에
초록의 새싹으로 태어나

엄마 품처럼 포근한 품에서
한 대롱 두 대롱 자라나

알콩달콩 소곤소곤 재잘대며
환한 미소 지으면서 자랐거늘

첫째는 벌써 흰머리가 되어
하늘하늘 봄바람에 흰머리 날리며
속 머리 태양아래 환하게 비치며
떠나면 다시 못올 길이기에
아쉬워 뒤돌아보고 또 보지만
이 놈의 봄바람이 빨리 가자 재촉하네

비야 비야 오너라
우리 형아 떠나시는 발걸음
꼭꼭 묶어 떠나지말도록
소리 없이 보슬보슬 내려다오

맑은 영혼의 初心

대나무

항상 푸르름 속에서
초심을 잃지 않고
꼿꼿한 성품도 잃지 않고
늘 그 자리에 서있구나

처음과 끝이 똑같은
대나무 한 마디마다
속을 비우고

시련의 주름살로
한 마디, 두 마디를 만들어가며

엄동설한 칼바람과 뜨거운 태양열기와
태풍에도 끄떡없고
지진에도 흔들림 없이

속을 비우고 미소 지으며
무슨 일이 있었느냐는 듯
늘 초심으로 꼿꼿함을 잃지 않고
제자리를 지키고 있구나

맑은 영혼의 初心

자목련

하얀 목련은
황제의 공주가 바다지기를 죽도록 사랑하여
가출해 바다지기에게로 가는데
그가 유부남인 것을 확인하고
바다에 몸을 던져 죽은 무덤에
백목련이 피었고

바다지기 부인도 잇따라 죽어
자목련이 되었으며
바다지기는 평생을 혼자
살았다고 한다

백목련은 이루지 못할 사랑이며
자목련은 자유로운 사랑이라 한다

아파트 응달진 곳에 살짝 숨어
수줍게도 피어있는 자목련
성질머리 못된 바람 녀석이
수줍은 여인의 옷자락을
하나둘 벗기고 있구나

맑은 영혼의 初心

토끼풀

초록의 넓은 토끼풀 꽃밭
두 개 따서 꽃반지 만들고
네 개 따서 꽃시계 만들고
여러 개를 엮어서
꽃목걸이 만들어
목에 걸기도 하고
팔목에 끼워 팔찌도 하면서
연인들은 사랑도 약속하고

네 잎의 토끼풀잎이 눈에 띄면
모든 행운이 내게로 온 것처럼
신바람에
덩실덩실 춤추던 시절

그리운 고향
순수하던 그 시절
순수한 우리말 토끼풀 그 들판을
이제 마음속으로
네 잎 클로버를 찾으며
행운을 빌어본다

맑은 영혼의 初心

수수꽃다리

첫사랑의 달콤한 향기가
코끝을 스치는 수수꽃다리
그 향기에 취해
가던 발걸음 멈추니
하얀 수수꽃다리가
뽀얀 얼굴 살짝 내밀며
수줍은 부끄러움에
가여운 몸매 움츠리고
부스스 몸 설치며
지난날의 아픔을 되새기고 있구나

맑은 영혼의 初心

이팝나무

북한에서는 아직도 이밥나무로
불리고 있는 이팝나무

이팝나무는 갓 시집온 며느리가
조상님 제사상에 오를 젯밥을 짓다가
잘 지어졌는지 확인하려
조심스레 손으로 몇 알 집어 먹으려다
시어머님 눈 밖에 나면서
고된 시집살이 못 이겨내고
끝내 시름시름 앓다가 죽은 며느리의 무덤가에
자라난 나무가 이팝나무가 되었노라

멀리서 보면 하얀 백설기 떡에
초록 완두콩을 몇 알 박아놓은 듯하고
함박눈이 내려 쌓인 듯 하기도 하지만
하얀 쌀밥을 지은 듯 보이기도 하여
이팝꽃이 만개하면 그해는 쌀밥을 많이
먹을 수 있는 풍년이 든다고 하였노라

맑은 영혼의 初心

이팝나무 환생(還生)

갓 지은 밥 냄새가 솔솔 풍기는 듯한
이팝나무 그늘 속에
벌러덩 누워 하늘 보니
자기를 항변하지 못하고
죽어간 새댁의 그 사랑이 그리워
영원한 사랑을 기리며
이팝나무로 환생을 하였는지

이팝나무 그늘 아래
조상님 젯밥을 생각하며
불룩 나온 배 두 손으로
통통통 두드려 보노라

맑은 영혼의 初心

각시붓꽃

여리고 작은 새색시 같은 각시붓꽃이
환한 미소 지으며
나를 어서 오라 윙크하네
무용이란 어린 아가씨가
정혼할 화랑 관창이 백제 전쟁터에서 죽자
그를 끝내 잊지 못하고
관창의 영혼과 결혼하고
그의 사랑을 그리며 살다가 끝내 말라 죽고 말았다네
부모님들이 관창의 묘지 옆에 묻어주자
이른 봄 어린 무용처럼
여리고 작은 꽃으로 환생(還生)하듯 피어났다고 전한다
다른 이름으로는
장미연미 애기붓꽃으로도 불리고 있기도 하다

맑은 영혼의 初心

불두화

이른 아침
이슬로 목욕재계(沐浴齋戒) 하고

싱그럽고 탐스러운 모습으로
나를 오라 손짓하는구나

언뜻 보면 불경 드리는
부처님의 곱슬머리 같아서
불두화라 했던가
제행무상(諸行無常)이라 하였더냐

세상에 변하지 않는 게 어디 있을꼬
불두화도
초록으로 피어
하얗게 만개하여 노랗게 지는 것이
세상의 이치인 것이지

맑은 영혼의 初心

꽃잔디

어느 식물도 가기 싫은 황량한 땅에
잔디 스스로 찾아가 푸른 정원 만드니
이런 희생정신을 지켜본
하느님이 푸른 잔디에게 꽃을 선물하였고
그해부터 푸른 잔디위에 꽃을 피워 꽃잔디로 불렀다네
너무 작은 패랭이꽃을 닮아
이 꽃을 지면패랭이꽃이라 불리기도 하며
너무 빽빽이 피어있어 서로가 서로를 위해주고
서로 양보하지 않으면 살 수가 없어서
행복한 가정의 사랑에 빠져드는
달콤한 꽃이로구나

맑은 영혼의 初心

자주달개비

우리 아파트 화단에
청보라빛 달개비가 퇴근 인사하려고
한낮에 움츠렸던 꽃송이들이
활짝 펴고 나를 반기고 있네요

출근길에 활짝 피었다가
한 낮에는 꼭꼭 숨어버리고
저녁에는 새로운 꽃으로
다시 피는 짧은 즐거움과
슬픈 추억 꽃말대로
짧게 피네요

청보랏빛 달개비가 어느 순간에는
분홍색으로 변하는 시간이 있는데
신기하게도 방사능 수치가 높을 때
분홍색으로 변하기도 한답니다

원자력 발전소 주변에서 많이 볼 수 있는
꽃이랍니다
본명은 자주달개비예요
잊지 마세요

맑은 영혼의 初心

마로니에

프랑스 마로니에 공원 때문에
유명해진 정원수 나무
키는 아파트 11층 높이 정도까지 높고
가지도 옆으로 쭉쭉 뻗어나가
넓은 그늘을 제공하는 정원수

5월부터 꽃송이를 크게 피우고
꽃대 한 개에 100~300개 정도의 꽃을 피워
장관을 이루네

열매는 알밤을 닮아 말밤(horse chestnut)이라 불리고
독이 있어 먹을 수는 없지만
약용으로 쓰어 유용한 정원수로 알려져 있다네

오늘도 마로니에 그늘아래
남녀노소 삼삼오오 모여
무슨 이야기이기에
저리도 즐거웁게 웃음꽃도 피는구나

맑은 영혼의 初心

해당화

무르익어가는 봄날 따끈따끈한 햇살 아래
온화하게 피어있는 빨간 해당화와 꿀벌,
덜 깨어난 잠이 원망스러워
미인의 잠결 속에서 피어난 고귀한 해당화 꽃은
양귀비가 어제 먹은 술이 깨어나지 않은 모습을
해당화에 비교 하였으니
미인의 잠결일 수 밖에 없고
그 자태는 빼어나게 아름답구나

맑은 영혼의 初心

괭이밥

고양이밥, 꽃이름이 괭이밥이라
육식을 먹고 생선을 안 먹으면
눈이 먼다는 고양이라네

꽃이름이 괭이밥은
고양이가 얹혔을 때
꽃, 괭이밥을 먹고
토해내고 고양이의 병을
고친다는 꽃이라네

맑은 영혼의 初心

큰방가지똥

무시무시한 가시를 가지고
봄에 초록 싹을 틔우고
노란 꽃을 피우며
건재함을 자랑하네

늦가을쯤 여린 잎을 채취해
끓는 물에 삶아서
나물로 먹기도 하고
약재로도 사용하며
고거채라 하여
쌉쌀한 상추라는
다른 이름도 가지고 있다네

거친 생김새 보다는
유용한 식물이기에
다시 한 번 생각하게 하는
잡초꽃 식물이라네

맑은 영혼의 初心

감자꽃

별처럼 하얀 감자꽃
감자 눈이 하늘을 볼 수 있게끔
한 발, 한 발 간격으로 감자씨를
하나 둘 꼭 꼭 심어 놓고

밤하늘에 별을 보며
내님 기다리듯
감자꽃을 바라보고
머릿속에 엄마 모습 그려보니
이 마음 한구석이
어느덧 먹먹해 지는구나

하얀 꽃 속에 노오란 꽃 수술들이
엄마의 속마음처럼 따뜻해 보여라
밤하늘의 별을 닮은 감자꽃
우리 엄마 마음을 닮은 감자꽃

내 가슴 속에 아련한
순박한 꽃 감자꽃
감자꽃 냄새를 맡아보니
그리운 어머니 모습이
아련하게 그립구나

맑은 영혼의 初心

수레국화

봄도 아니고 여름도 아닌 사잇계절에
여름을 알리는 수레국화가
활짝 피어 있구나
정면 위에서 보면 작은 꽃들이
수레바퀴 굴러가는 것과 같다하여
수레국화라 부른다네
정성스레 꽃잎만 따다가 잘 볶아서
국화차를 만들어 따뜻하게 마시면
행복이 느껴지니
꽃말처럼 행복감이 저절로 느껴지는구나

맑은 영혼의 初心

작약꽃

들판에 홀로 핀 작약꽃 한 송이
화려하고 화사한 본래 모습을
가슴속에 살포시 숨기고
이슬방울 잔뜩 머금은 채
수줍음에 고개를 숙인 네 모습이
숫처녀 시집가는 날
부끄러운 수줍음이
작약꽃 한 송이에 비할까

맑은 영혼의 初心

풀꽃

향기도 없고
화려함도 없는
나는 풀꽃이라네

꿀벌 한 마리 눈길 한 번 주지 않고
나비 한 마리 너울너울 그냥 스쳐 지나가는
나는 풀꽃이라네

잠자리가 앉으려다
내 허리 부러질까
깜짝 놀라 지나가는
나는 풀꽃이라네

그래도 아침이슬 맞고
풋풋한 풋내음은
모두 다 내 것이라네

맑은 영혼의 初心

장미

계절의 여왕 오월에
꽃의 여왕 장미꽃들이
온 세상을 수놓으니
꿀벌들의 활기찬 날갯짓 윙윙거리고
나풀나풀 나비들도 화사한 날갯짓에
비행을 하고 있구나
사람들도 화사한 꽃길을 거닐며
그 향기에 취해
환한 미소 머금은 얼굴에서
콧구멍이 벌렁거리고 있구나

맑은 영혼의 初心

나비바늘꽃

북서울 꿈의숲
넓은 잔디밭에 홀로 서서
바람에 흔들리는 네 모습이
나비가 춤을 추는 듯 하구나
강한 바람이 불면 꺾일 것 같은
나비바늘꽃이 가녀린 몸으로
여름 태풍과 비바람을
어이어이 견뎌낼지 가냘프기 그지없도다

꽃말처럼 섹시한 여인이여, 영원 하라

맑은 영혼의 初心

만데빌라

빨갛고 정열적인 모습이
동백꽃과 비슷해서
동백 재스민이라고도
불리는 만데빌라꽃

빨간 꽃송이에 빠져들어
시간 가는 줄 모르고
넋이 나갈 정도가 되면
어디선가 환청으로
나팔 소리가 들리는 듯 하네

꽃말에서도 말하듯이
천사의 나팔 소리가 아니던가

가슴마저도 빨갛게 달아오르는
정열의 꽃 만데빌라
너는 내 사랑의 꽃이로구나

맑은 영혼의 初心

양귀비

꽃 중의 꽃 양귀비꽃
덧없이 사랑에 약한 꽃
양귀비꽃
빨간 양귀비에 반해
눈은 위안을 삼고
몽상마저 느끼고
하얀 양귀비꽃을 보며
하얀 망각 속에서
서서히 잠에 빠져든다
너를 보고 있노라니
하얀 꽃속에 꿀벌마저
잠에 빠져 꿈속을 헤매고 있구나

맑은 영혼의 初心

접시꽃

서울 어느 도롯가(街) 담장 밑에
척박하고도 척박한 작은 틈에
곧게 곧게 태어남이 부끄러워
살며시 고개 돌려 환한 미소 담은
그 모습이 왜 이리도 곱던지
길 가던 연인들 설레는 가슴으로
사뿐사뿐 조심스레 다가가
살짝 가벼이 입맞춤 해 주고
빨간 꽃 바라보는 저 눈빛마저 황홀경에 빠져
함박웃음 지으니 하얀 꽃잎 하나하나 신비롭고
선명한 줄무늬 속으로 드러난
속살마저 보드랍기 그지없구나

맑은 영혼의 初心

애기똥풀

노란 잎사귀, 넉 장 달린 작은 꽃
해마다 봄이 되면
길가 여기저기에
군락을 이르며 피어난다

줄기를 자르면 노란 액체가 나오는데
그것이 아기똥처럼 생겼다하여
애기똥풀이라 부른다
독이 있어 식용은 안 되지만
약으로는 널리 사용한다네

눈먼 새끼 제비 치료하러
애기똥풀 구하러 간 엄마 제비가
뱀에 물려 죽어서
지극한 사랑이란 꽃말도 가지고 있어요

몰래 한 사랑은 목숨을 내줘도
아깝지도 않은 사랑이여라

맑은 영혼의 初心

나리꽃

여성의 마음을 사로잡는 순수한 나리는
순결하고도 평범함을 갖은 꽃이다
남성들의 마음마저 흔드는
나리라는 벼슬을 상징하는
죄 없는 꽃이기도 하고
봉숭아와 분꽃처럼 손톱에 물들이는 꽃이며
어린이들의 정서교육에 좋은 꽃으로도 쓰이는 꽃

나리꽃이 많이 피면 그 해에는 풍년이 든다고
점을 치는 꽃으로도 유명해
생활에도 도움을 주는 꽃이로다

맑은 영혼의 初心

코스모스

청명하고 높은 하늘 바람결에 하늘거리는
코스모스 가을을 노래해야지
초여름 초복도 안 지났는데
성격 급한 코스모스 어쩌면 좋을꼬
아기 코스모스 데리고 삼복더위 어찌 넘기려나

아름다움을 버릴 줄 알아야
더 아름다운 꽃을 피울 수 있다던데
어찌하면 좋을꼬
이 찜질 더위에 가냘픈 몸매
커다란 머리의 코스모스가
흔들리는 모습이 애처롭기 그지없구나

맑은 영혼의 初心6

호두나무

견과류 중에 최고의 호두는
1290년 원나라 사신 갔던 유창신이
최초로 들여와 천안 광덕사에 심었다네
호두는 사람의 머리 구조와 비슷해서
두뇌의 집중력향상 뇌졸중 예방에 좋다네
여자와 호두나무는 자주 두들겨 패야 좋다는
내려오는 야화도 있지만
이는 삭정이(죽은 나뭇가지)를 떨어뜨리고
호두를 수확할 때 쓰는 전해온 말이라네
천안 광덕사에 있는 호두나무는
천연기념물 398호로 지정되어 있으며
천안의 명물 호두과자의 재료이기도 하여라

맑은 영혼의 初心

황금 낮 달맞이꽃

눈이 부실 정도로
샛노오란 낮 달맞이꽃

아침에 일찍 피었다가
저녁에 일찍 지고 마는
말 없는 사랑 낮달맞이

얼마나 애틋한 사랑이었는가
밤에는 똑바로 바라볼 수 없기에
대낮에 태양 빛에 살짝 가려진
낮달을 바라보며 말없이 애틋한
사랑의 냉가슴 쓸어내리며
얼굴에는 환한 미소 잊지 않고
부끄러움에 몸서리치며

노오란 꽃잎 살랑살랑
손 흔들어 주는구나

맑은 영혼의 初心

밤꽃 필 무렵

밤꽃이 피기 시작하면
날씨도 덥기 시작한다네

오월의 봄꽃들도 한 잎, 두 잎 길 떠나고
그래서 한 알, 두 알 결실을 맺고
초원은 푸르름으로 가득한데
밤꽃 향기는
비릿한 동물들의 정자 냄새와 너무 같아서
벌들도 즐겨 찾지 않는 꽃이라네
다른 꽃들이 없어서
밤꽃으로 가지만
쌉쌀한 맛에 발길을 돌린다

그러나 그 향기를 찾아
며느리와 딸,
그리고 과부들은 밤나무 밑에서
무슨 이야기 저리도 좋을까

웃음소리 한없이 그칠 줄 모르고
동녘 하늘 저편은
밝아오고 있구나

맑은 영혼의 初心

산수국

산에 있는 수국이라 산수국일까
물을 좋아하는 수국이
산에 살아서 산수국이런가
토양 따라 꽃 색상이 달라
이름도 많은 산수국이런가

꽃과 잎 그리고 뿌리모두
차와 약용으로 널리 쓰기에
수구화(繡毬花), 분단화, 자양화
예쁜 이름도 많은 신비로운 꽃이로다

예쁜 처녀가 시집가려 약혼하면
약혼자가 자꾸자꾸 죽어
꽃색깔이 자주 자주 변한다네
예쁜 아가씨를
귀신들이 질투하여 정혼자를 죽인다는
전설마저 가진 꽃
산수국

그 참꽃 모양은 볼품이 너무 없기에
꽃받침으로 헛꽃을 만들어 놓고
벌과 나비를 불러들이는 꽃
그 꽃 속내가 가히 귀하도다

맑은 영혼의 初心

측백나무

신선이 되는 나무
측백나무

진나라 궁녀가
측백과 솔잎만 먹고
추위와 더위를 모르고
몸의 털로만
이백년을 살았다는
전설이 있고

측백나무 열매를 먹었더니
온몸이 불덩이가 되어
종기가 사라지고
얼굴에 빛이나며
결국 신선이 되었다는
전설도 있다네

측백나무 술을 담가
머리에 바르니
머리칼이 빼곡히 나왔다는
이런 전설도 내려오고 있으며

무덤 속 시신의 벌레를 모두
잡아준다 하여
묘지 앞에 심었다는
전설이 전해지고 있다네

보일 듯 말 듯
눈의 동공을 돋보기로 만들어 봐야
보이는 겸손한 꽃
측백나무꽃

맑은 영혼의 초심

망종화

망종 유월 초순
보리 베고 모를 심는 절기
그때 핀다고 해서 망종화일까
금실로 수를 놓은 매화라는
최고의 찬사를 받고 있는 꽃
잎은 식용으로 가능하지만
꽃과 뿌리는 전세계적으로
약용으로 쓰이고 있는 꽃이라네

변하지 않는 사랑이란 꽃말처럼
요한의 집(St. John's wort)을 보호한
전설도 같이하고 있는 꽃이로다

맑은 영혼의 初心

개쉬땅나무

작고 하얀 은방울들이
조롱조롱 매달려
그네놀이 하다가

한 알, 두 알, 세 알
너나 할 것 없이
눈꽃송이 터트리며

어느새 커다란
솜사탕 한 대궁
만들어 놓았구나

산들바람 살랑살랑
솜사탕을 흔드니
겁에 질린 솜사탕
조심조심 흔들리고
나에게 하얀 미소
보내주며 윙크하네

맑은 영혼의 초심

일일초

하나씩, 하나씩 매일매일 피우는
꽃이기에 일일초라 했나

매일매일 즐거움을 주는 꽃이기에
즐거운 추억이란
꽃말을 가지고 있는 것인가

여러 색깔들이 한데 모여
매일매일 꽃을 피우니

너를 보는 내마음
즐겁기가 그지없구나

맑은 영혼의 초심

노루오줌꽃

깊은 산 속 옹달샘 노루들이 목 축으러 왔다가
오줌을 누는 그 자리에 잘 자라난다 하여
노루오줌 풀이던가

연한 새순은 나물로 먹으며
한포기 전체는 마취약으로 사용하지만
뿌리에서는 노루의 오줌 냄새가 난다

그리하여 노루오줌이란
이름이 붙여진 것이던가
이름과는 전혀 달리 꽃은
분홍색과 짙은 분홍색으로
사랑을 한 몸에 받으니
꽃말 또한 기약 없는
사랑이라 하지 않았는가

한여름 삼복더위에도
너를 보면 눈은 맑아지고
마음은 한결같이 밝아지니
한여름의 꽃 중에 꽃
그 중에 으뜸이어라

맑은 영혼의 初心

사철나무꽃

그 추운 겨울, 엄동설한을 버티며
늘 푸르름을 잃지 않고 봄이오니
연녹색의 새순을 곱게 곱게 피워 올리고
꽃송이도 예쁘게 피우고 있구나

언제나 푸르름을 간직하며
가뭄과 홍수에도 강하고
공기 정화도 잘하는
사철나무

언제나 변함없이 푸르다하여
변함없는 사랑이란 꽃말을 달아 주었는가
그 변할 수 없는 불변으로
이름도 사철나무인게지

언제나 푸르름을 부탁하노라
사철나무······

맑은 영혼의 初心

가우라

한줄기 꽃대에 피어
바람에 흔들거리는 모습이
춤추는 나비와 같다하여
춤추는 나비 꽃이라고
부르기도 하는 꽃

한줄기에 꽃 한 송이가
바람결에 하늘하늘 날리며
꺾일 듯 꺾일 듯 꺾이지 않고
나풀나풀 날갯짓에
날 듯 날 듯 날지도 못하고
관능적인 몸매를 자랑하여
꽃말마저 관능적인 여인이었는가?

떠나간 임이 얼마나 그리우면
이른 봄부터
눈 내릴 때까지
그리도 끝없이 꽃을 피우며
간 여린 몸으로 하늘하늘
춤을 추고 있구나

맑은 영혼의 初心

분홍낮 달맞이 꽃

낮달,
밝은 태양 빛에 가려져
보일 듯 말 듯
애간장을 녹이고
구름 속에 숨어서
눈마저 짓무른다

구름 속에서 살짝 내민
낮달을 꼼꼼히 바라보며
환한 미소와 수줍음에
얼굴색은
어느새 분홍빛으로 변해가니

그 흠모하는 표정
감출 수가 없으니
말없이 전해지는 무언의 사랑마저도
꽃말이 대신하여 전해주고 있구나

맑은 영혼의 初心

강아지풀

솔솔 부는 바람에
기분이 저리도
좋을까

꼬리를 흔들며
미소만 짓네

오는 사람
가는 사람
봐주는 이 없어도

살랑살랑
꼬리를 흔들며
좋아하는 저 모습

잠자리가 살포시
앉았다가 쉬어가도
좋아하며
꼬리치고 있구나

맑은 영혼의 초심

사랑초

맛을 보면 시큼하고
잎을 보면 하트모양
이리하여 사랑초라

그 이름의 꽃말마저
당신을 버리지 않을게요

팔순의 노인이
자식을 다 출가시키고
돌봐줄 사람이 없어
어머니 배고파 배고파 울부짖다
장독 광에서 따온
시금풀만 먹다가 시들어 죽었고
부모 묘 옆에 묻은 뒤
풀로 되살아나
사람들은 이를 토끼풀이라 불렀다

누구나 토끼풀을 보면
행복해 진다 전해지며
혹 네 잎을 보면
행운이 온다

그 말에
눈앞의 행운이 와도 모르고
행운만 찾으니
그 행운을 가져다주지 못하는 날

행운에 목말라 있던 이에게 행운이 깃들어
그와 한 몸이 된 토끼풀은
뭉개지고 멍들어
자줏빛 사랑초가 되었도다

맑은 영혼의 初心

길갱이

어릴 적 등하굣길 뚝방길 양옆으로
모질게도 자라나는
수많은 길갱이 풀들

가을이 오면 꽃을 피우고
잎이 무성하고 질기게 자라나
양쪽 끝을 꽁꽁 묶어 두면
개구쟁이 친구들이 발에 걸려 넘어지고

이른 아침 등굣길에
강아지 꼬리 닮은 꽃자루에
이슬 듬뿍 머금고 있어서
운동화 흠뻑 적셔주던 길갱이꽃

이제 화단에 핀 길갱이 풀꽃을
바라보고 있노라니
그때 그 시절 그 추억이
아련히 떠오르는 동심이
웃음 짓게 하는구나

맑은 영혼의 初心

배롱나무꽃

불볕더위가 기승을 부리고
삼복더위에 지쳐갈 즈음

파란 하늘 뜨거운 태양에 맞서서
가지가지에 작고 빨간 꽃을
셀 수 없이 많은 꽃잎 피워가며

백일 간에 아름다움을 잃지 않고
꽃말처럼 부귀를 가져다주면서
풍요로운 마음을 전해 주고

바람이 불지 않을 때는
나무에 간지럼 태우면
작은 나뭇가지와 나뭇잎은
간지러움에 살랑살랑 흔들리며

꽃향기 듬뿍 담긴 꽃바람을 불어주며
등줄기에 흐르는 식은 땀을
씻어주는구나

맑은 영혼의 初心

나무수국

멀리서 보면
하얀 눈이 내려와
부드럽고 달콤한
아이스크림처럼

한여름을 시원하게
만들어주는
하얀 꽃

연두색으로
꽃을 피우고
만개하면
흰색으로 변하여

겨울에
말라 꺾어질 때까지
냉정함을 잃지 않고
무정하게
근엄한 자세로 버틴다 하여
냉정·무정·근엄(謹嚴)이
꽃말인 게지

중성화와 양성화가 한
꽃차례에 달리며
중성화만 달리는 꽃나무를
큰꽃 나무수국이라 부른다네

한여름 꽃나무로는
배롱나무꽃과 나무수국 꽃이
양대 산맥을
이루고 있는 게야

맑은 영혼의 初心

독말풀

하늘을 향해 피어있는
나팔모양의 하얀
꽃송이 하나
무엇을 그리도 부러워하는가
덧없는 사랑이란 꽃말을 잊었나?
독기를 잔뜩 품은 채 진한 꽃향기 풍기며
밤하늘의 별을 보고
꽃잎을 활짝 펴서
핏빛 서린 나팔 소리가
매미 소리에 뒤질세라 목이 터질 듯이
불어 대고 있구나

맑은 영혼의 初心

하얀 분꽃

해님이 서산 너머 기웃기웃 넘어갈 때
어둑어둑한 검은 그림자 속으로
수줍은 얼굴 뾰족이 내밀어
쑥스러운 모습으로
환하게 피어나고 있구나

소심한 분꽃은 누가 볼까 부끄러워
모두 잠든 캄캄한 밤에 소리도 없이
활짝 피었다가
아침 해가 환하게 떠오르면
하얀 얼굴 꼭꼭 숨겨놓고
살포시 샛눈 뜨고 밖을 보니

씨앗 속의 하얀 분말은
새색시 얼굴에 분칠하고
검은 씨앗과 수술은
귀고리로 쓰는구나

꽃말처럼 수줍고 소심한
겁쟁이로 살지 말고
당당하게 살아가려무나

맑은 영혼의 初心

테디베어 해바라기

습한 곳을 싫어하는
털북숭이 곰돌이를 닮아서
습지에서는 살지 못하는
테디베어 해바라기꽃

한여름 장마 속에 폭우를
꿋꿋이 견뎌내고
꽃을 활짝 피었구나

산들바람이 살살 불어오면
가녀린 꽃잎을 살랑살랑 흔들어
어서 와라
예쁜 미소로 반기고 있구나

언제나 사랑하고 기다리며
당신을 바라만 보고 있는 꽃
털북숭이 곰돌이 인형도
언제나 집에서 나만 바라보며
기다리고 있구나

맑은 영혼의 初心

흰꼬리범꽃

호랑이의 꼬리를 닮아
꼬리 범꽃이라 불린다

청춘 젊은 날의 회상 추억이란
꽃말이 말하듯이
바람에 넘실넘실 흔들리는 모습에
환상의 매료를 느끼게 하며
흰꼬리범꽃은 청초하기까지 하다

행복에 빠져 나 자신을 잃은 채
영혼마저 빠져나가는 느낌에 취하고

꽃의 행복은 씨앗을 가지고 있지만
그의 행복을 나누는 것은 향기로운
꽃송이와 향기로구나

가뭄에 꽃을 피워
불나비 각종 곤충들의
밀월식으로 자리매김 하지만
가뭄을 싫어하는 꽃이라네

맑은 영혼의 初心

대추

별처럼 작고 앙증맞은 대추꽃이
올망졸망 피었던 게
엊그제 같은데
입추가 지난 지 며칠 뒤
대추들이 초록 잎 사이로 얼굴을 내밀며
풋풋한 향기 날리며
가을 햇살 기다리고 있구나

빨간 대추를 보기만 하고
먹지 않으면 늙는다는 말도 있듯이
노화 예방과 손발이 차고 냉하신 분들
특히 골다공증 있으신 분들에게는
더할 나이 없는 열매로 알려져 있지요

면역력이 떨어지는 겨울에
말려놓은 대추로
차로 끓여 마시면
좋은 열매 대추야
된서리가 내리기 전에
붉은 옷으로 갈아입으려마

맑은 영혼의 初心

연꽃

연근이 자리 잡은 그 자리는
질척한 진흙탕 속에서도 꿋꿋이
누구의 원망도 하지 않고
초록 연잎과 꽃 한 대공을
맑은 공기 속에 솟아 올려놓으니

꽃망울도 곱게 올라오고 있구나
모진 비바람과 뜨거운 폭우도
원망도 하지 않은 채 화사한 모습으로
거대한 꽃 활짝 피어 가슴속 깊은 곳에
씨집 하나 안은 채로 활짝 웃는 네 모습이

서늘한 바람에 큰 꽃잎 하나둘 떠난 그 자리에
씨집만 덩그러니 홀로 서서 지난 세월 되새기며
한 알, 한 알 진흙탕 속으로 되돌려 보내고

앙상하게 말라 비틀어진 꽃대 하나가
찬바람이 부는 대로 온몸으로 부딪치며
힘겨운 몸뚱어리 흐느적거리고 있구나

맑은 영혼의 初心

살살이꽃

선선한 바람 살랑살랑 불어오니
알록달록 새 옷으로 갈아입고

가녀린 몸짓 한들한들 춤을 추니
고추잠자리와 호랑나비도
사뿐사뿐 날갯짓에 흥거워라

맑은 영혼의 初心

가을 해당화

해변을 거닐던 남녀에게 큰 파도가 덮치자
남자는 여자를 밀쳐내고 죽었다
시간이 지나고 파도가 잔잔해 지자
남자 친구 시신이 밀려왔다네
여자 친구는 시신을 안은 채
엉엉 울었고
그 눈물이 남자 친구 시신에 떨어지자
그 자리에 분홍꽃이 피었다는 해당화
양귀비에 비교해도 지지 않을 만큼
아름다운 꽃이기에
술이 덜 깨어난 양귀비와 닮아
미인의 잠결이란 꽃말도 있다네

봄부터 피고 지고 간절한 기다림이
가을까지 끊이질 않고 짙은 향기 풍기며
열매 또한 빼어나게 아름답다네

거친 해풍에 잘 떨어지기도 하지만
떨어진 꽃도 향기를 잃지 않고 바닷가를 누비며
그 영혼 못 잊어 떠돌고 있구나

맑은 영혼의 初心

아주까리

이른 봄 어린아이 손처럼
작은 잎 흔들며 춤추고
빨강 노랑 암꽃 수꽃이
한 대공에 같이 자라며

성급히 여름을 부르고
열매는 아주 까칠까칠하여
아주까리라고 불리는 것일까

높은 하늘 따가운 가을 햇살
아주 까칠한 열매가
등껍질을 하나둘 툭 툭 터트리며
머릿기름과 향수를 꿈꾸고

손가락 모양의 연한 잎은
정월 대보름 피마자 나물로
다시 보자 작은 손 흔드네

맑은 영혼의 初心

붉은인동초

가녀린 줄기와 푸르른 잎으로 엄동설한을 이겨내고
봄에 꽃을 피운다 하여 인동초(忍冬草)라 하는가
꽃 수술이 할아버지 수염을 닮아서 노옹수(老翁鬚)라 했던가
꽃잎이 펼쳐진 게 해오라기를 닮아서 노사라 불렀더냐
꽃 속에 꿀이 있다고 해서 밀통이라 불러주었다냐

많은 이름을 가지고 사랑의 인연으로 헌신적인
사랑을 한다 하여 이런 꽃말이 붙여진 것이었더냐
화장을 처음 해보는 소녀가 입술 바르듯
조금은 어색한 꽃송이 보고 있노라니
가녀린 줄기 바람 불면 댕강 부러질까
하늘하늘 이를 데 없구나

맑은 영혼의 初心

박꽃

따갑고 밝은 가을 햇살 아래
하얀 속살 보일까 봐 꽃잎을
꼭꼭 말아 올린 하얀 박꽃

해넘이 저녁노을 붉게 물드니
슬그머니 하얀 속살
살며시 드러내 보이니

초가지붕 위에 희미한 달빛
하염없이 쓸어내려도
달빛은 영원하고
하얀 박꽃은
밝은 미소 지으며
소리 없이 하얀 속 깊은 곳까지
조심스레 드러내 보이니

이 내마음 깨끗이 순박하고
하얀 박속에 푹 잠겨 그리운 임 찾아
꿈나라 여행하고 싶어라

맑은 영혼의 初心

능소화

덩굴을 휘감아 돌아
담장을 넘어 하늘을 찌를 듯
솟구치는 간절한 기다림

궁녀 소화가
임금님 눈에 띠어
하루아침에 빈이 되었지만
임금은 그 후 한 번도 찾아오질 않았기에

소화는 매일 담장 너머
임금을 기다리고
발소리라도 들릴까 담장 높이 올라가
목 놓아 기다리다

내가 죽으면
담장 밑에 묻어 달란 유언을 남기고
죽어서 초상도 못 치르고
궁녀들이 담장 밑에 묻어주운 자리에
꽃이 핀 것이 능소화라 하였다네

능소화는 임금님 발자국 소리를 들으려고
꽃을 활짝 열어 떨어져서도
그 꽃을 접지 않는다

가시가 있는 장미보다 아름다워서
꽃을 만진 손으로 눈을 비비면

눈이 멀게 된다는 전설도
함께하고 있다

능소화는 고고한 자태로
높은 담장 위에서
사뿐사뿐 춤을 추는 모습은
천사의 날개처럼 아름답기도 하여라

맑은 영혼의 初心

여뀌꽃

올망졸망 피어난 여뀌꽃 한 송이
한 대공에 너무 많은 꽃이 피기에
세어 볼 수조차 없구나

정월 대보름 달 밝은 밤에
도깨비가 사람 사는 곳을 찾아
방안으로 들어가려다
마당에 여뀌꽃이 피어 있으면
그 꽃송이 숫자 세다 날 새는 줄 모르고
방으로 못 들어온다는 얘기도 전해진다

한해살이 여뀌꽃들이 깊어가는
가을이 아쉬워 높고 파란 하늘 향해
따뜻한 태양 열기 알음알음 안아보려고
뒤꿈치를 높이 세우고 두 팔을 흔들어
안간힘을 다하고 마지막 힘까지 다하여
못다 핀 꽃송이를 피우려 몸부림친다

생뚱맞은 꽃말처럼 학업의 마침이기에
후손 양성에 수많은 씨방을
하나둘 하염없이 토닥토닥 토닥인다

맑은 영혼의 初心

오갈피

그의 힘을 과시하듯
가을 하늘 높이 솟아올라
씨방을 터트리며 호박에
한 가지 내어 준다

호박 넝쿨도 차가운 바람이 싫은 듯
오갈피 가지에 몸을 기대어
열매위에 꽃 하나 피우고
안간힘을 다해 매달려 있구나

만능 이란 꽃말이 말하듯
많은 약효를 지녔기에
한방에서 부르는 생약명은 오가피로 불린다

그의 형제들도 여러 명 같이 살고 있다
가시 오갈피, 섬 오갈피, 민가시 오갈피, 털 오갈피,
지리산 오갈피도 같이한다

만능의 재주꾼도 바뀌는 계절 속에
어찌할 수 없기에 씨방을 모두 열고
겨울맞이 할 준비를 하고 있구나

맑은 영혼의 初心

가시박꽃

해지고 밤이 오면
하얀 꽃 활짝 피어 가며
누구를 기다리다
달덩이처럼 커다란
박 한 덩어리 만드는 박꽃처럼

가시박꽃은 여전히 꽃말도 없이
홍천강 둑 기슭에 빼곡히 자리 잡은 채
서로 얽히고설켜 가며 차가운 손
서로서로 비벼주고 의지하며
여명이 밝기 전에 꿀벌들의
잔칫상을 차려놓고
조바심에 어서 와라 손짓한다

맑은 영혼의 初心

품폰 국화꽃

털실로 만든 방울처럼
꽃꽂이를 해두면 오래가고
부케로도 많은 인기가 있다

색상도 노랑 녹색 백색 분홍
가지각색이기에 꽃말도 그런 걸까

성실, 청순, 진실, 평화, 감사, 절개, 고결함

어느 하나도 버릴 것이 없듯이
꽃병에 꽂아놔도 시들지 않고
약 보름간 볼 수 있을 만큼 오래간다

꽃송이 몇 개를 보면 볼수록 가슴은
퐁당퐁당 설레고 마음은 차분해져
모든 이에게 사랑을 차지하고 있으며
정신적 힐링(healing)이 되므로
다른 이름으로는
퐁퐁 국화라고도 불리기도 한다

맑은 영혼의 初心

카라꽃

고급스럽고 고귀한 카라꽃
형형색색의 다양한 색상의 꽃처럼
많은 꽃말도 가지고 있는 신비로운
꽃이기도 하다

천년의 사랑, 순수, 순결, 청결, 환희, 열정, 열혈,
장대한 미 등 많은 꽃말 중에
또 다른 꽃말도 있다네

카라 다섯 송이의 꽃말은
아무리 봐도 당신만한 여자는 없다

카라 꽃다발의 꽃말은
당신은 나의 행운입니다

이런 꽃말도 지니고 있기에
신비롭고 고귀하며 고급스러운
꽃으로 알려져 내려오고 있기에
선남선녀들이 사랑 고백 꽃으로 많이 쓰이고
결혼식 부케와
웨딩홀 장식으로도 으뜸이라네

맑은 영혼의 初心

고목의 단풍

웅장하게 푸르던 시절
동네 정자나무가 되어 모든 이를 품었고
거대한 단풍으로 모든 이의 사랑을
한 몸으로 느껴왔건만
세월 지나
나뭇가지 하나둘 부러져나가고
나뭇잎 우수수 떨어져간 지금
고목에 나뭇가지 하나 만들고
꽃은 없으나 작은 잎새 피우고
곱고 예쁜 단풍을 만들었노라

맑은 영혼의 初心

나비 바늘꽃

기약 없이 떠나간 임
가슴 시리도록 그리워
꽃나비가 되어 파란 창공으로
솟구쳐 오르니
산들산들 부는 바람에
관능적인 자태 뽐내며
하늘하늘 춤춰 보지만
떠난 임 오지 않고
떠나가는 가을 배웅길 나선
가녀린 몸매 애처롭구나

맑은 영혼의 初心

팥배나무

이른 봄날 백옥 같은 하얀 꽃송이
몽실몽실 배꽃처럼 피어나
꽃이 떠난 그 자리 파란 알갱이
태양의 정기를 먹고 자라
늦가을 매혹적인 빨간 열매
앙증맞은 팥을 닮아 붙여진 이름
팥배나무

다른 이름으로는
물 앵두나무, 벌배나무, 산매자나무, 운향나무,
물방치나무 등 여러 이름이 있다네

꽃말은 열매의 매혹적인 붉은색에 반해
매혹이라 불리고 있으며
매혹에 빠진 새들의 겨울 양식으로도 한몫을 차지한다

약효로는 빈혈을 막아주고
허약 체질을 개선하는 약재로 널리 쓰이는 팥배나무
또 다른 매혹 속으로 빠져들게 한다

맑은 영혼의 初心

용담꽃

가을 하늘 푸르름처럼
눈부시게 선명하고 푸르른
가을꽃 송이송이

꽃말은 애수(哀愁)
슬플애 哀 근심 수 愁
근심 수愁는 가을 추 밑에 마음심이라
슬플 때 나는 너를 사랑한다

용담꽃은 용의 쓸개를 말하듯
쓴맛의 뿌리는 한약재로 쓰이며
어린잎은 식용으로 먹기도 한다네

스산한 가을 날씨에 구름 한 점 없는
차가운 하늘처럼 선명한 애수의 꽃
가녀린 줄기에 무거운 꽃송이의 힘겨움은
싸늘히 식어버린 가을을
더욱 더 슬프게 한다

맑은 영혼의 初心

불타는 단풍나무

십일월 늦가을
밤새 찬비 추적추적 내려와
새벽 찬바람
얄궂게 단풍잎 흔들고
힘에 겨운 단풍잎
얼굴 붉히며
뜨거운 가슴으로
단풍잎에 불을 댕긴다

맑은 영혼의 初心

가막살나무

까마귀가 먹는 쌀이라 하여
가막살이란 이름이 붙어져 내려온다

봄에는 하얀 꽃이 온 산을 뒤덮고
여름에 초록의 작은 알갱이들이
장관을 이룬다

가을에는 붉게 물들어가는 열매가
붉디붉은 보석으로 행복을 전해주는
마력을 지닌 나무이기도 하다

맛은 신맛이고 한방에서는 협미(莢迷)라 하여
줄기나 잎을 술로 담가 마시면
원기회복과 피로 해소에도 좋기에
또 다른 행복을 가져다주는 가막살이다

그리하여 사랑은 죽음보다 강하다는
꽃말을 지니고 있다

맑은 영혼의 初心

오색 단풍잎

영하로 뚝 떨어진 날씨
고왔던 오색 단풍잎들이
불어오는 찬바람에
힘없이 매달려 흔들거린다
나풀나풀 춤추듯 창공을 휘휘 돌고돌아
오색으로 수놓으며 날갯짓 힘겨워라
형형색색 창공을 수놓고
오색 꽃잎이 되어
한잎 두잎 바닥에 깔리며
어여쁜 양탄자를 깔아 놓은 듯
수놓고 있구나

맑은 영혼의 初心

담쟁이

무더웠던 삼복더위에도
지칠 줄 모르고 뜨겁던 담벼락에
지장 하나둘 찍어가며
오르고 또 오르고
거대한 직각 벽을 넘어서
차디찬 담벼락 거꾸로 매달려 내려오고
차가운 칼바람에 붉게 물든
잎새는 말라비틀어지는 것을
탯줄의 기억 속으로 남기고
지문 찍던 손가락은 말라비틀어져도
그 손 놓지 못하고 부들부들 떨어가며
한 생명 다하고 다음 생을 설계한다

맑은 영혼의 初心

홍시

우뚝 솟은 빌딩 숲 한쪽
하늘 향해 쭉쭉 뻗은 감나무

따스한 봄볕에 꽃피워
감꽃 반지 만들어주고
감꽃 실에 꿰어 목걸이 만들어
목에 걸고
은은한 그 향기에 취해
사랑을 속삭이던 추억들

초겨울 싸늘한 칼바람 불어와
고왔던 낙엽마저
싹 쓸고 가버린 뒤
빨간 홍시만이 달랑달랑 매달려
칼바람과 맞서서
사라져간 낙엽들 추억만 간직하며
가슴속 깊은 곳까지
붉게 태우며
정열을 불사르고 있구나

맑은 영혼의 初心

아기 단풍나무

큰 담장 옆에 홀로 자라난
예쁜 아기손바닥 모양 단풍잎
작은 손 흔들며 반가워하네
한여름 태풍과 비바람,
천둥 번개의 무서움도
큰 담장에 기대어 이겨내고
이제 가을 싸늘한 바람이 싫어
움츠리고 조그마한 손 흔들며
떨어지는 낙엽 서러워
그 앙증맞은 붉은 손 놓지 못하고
오그라드는 아기손
바스락바스락 말라 가고 있구나

맑은 영혼의 初心

오색마삭줄

꽃도 없이
알록달록한 자태로
꽃보다 더 눈길을
끌어당기는구나

하얀 연잎으로 태어나
노란 잎으로 자라
초록으로 살다
오색 물들이고

한겨울
엄동설한에도
그 자태를 잃지 않고

늘
그 자리를
치키고 있구나

맑은 영혼의 初心

아그배나무

분홍빛이 도는 흰색으로 피어나
점점 순백색으로 자라나
밤에도 새하얀 꽃이 빛을 낸다 하여
야광나무라 불리고
환한 꽃을 피우고 예쁜 열매를 맺어
약효까지 좋은 이로운 나무
꽃말처럼 온화하기 그지없구나

봄에는 환한 꽃을 피워
벌 나비의 영양분이 되어주고
추운 겨울에는 빨간 열매로
모든 새의 귀한 양식이 되어준
너의 모든 것은 병을 치료하는
한약으로도 많은 도움 주며

콩알만 하다 하여 콩배나무
팥알만 하다 하여 팥배나무
돌처럼 딱딱하여 돌배나무

이런 이름의 사촌들과 함께
열매로 이름표를 달고 있음에
입가에 미소가 살짝 지나간다

맑은 영혼의 初心

사철나무 씨방

아지랑이
아롱아롱
피어나는 나른한
봄날

캄캄한 밤
도둑고양이처럼
살금살금
숨죽이며

샛별 하나
몰래 따다
맷돌에 돌돌 갈아 놓은 듯

보일 듯 말 듯
아주 작고
앙증맞은 노란 꽃 피우더니

꽃말처럼 변함없고
변화도 없듯이
늘 푸르다

사시사철 푸르른 잎 자랑하듯
바람막이 병풍 삼아
한 바퀴 돌려세워 놓고

추운 겨울 햇살 모아
따뜻하게 데워 놓은 자리
옹기종기 모여앉아

너도나도 빨간 혓바닥
메롱메롱
서로 잘나 재잘재잘 재롱 잔치
한참일세

맑은 영혼의 初心

솔향기

차가운 칼바람
살며시 올라타고
솔향기 솔솔 다가와
옆자리를 차지한다

쌓였던 함박눈 녹아내리는
그 속을 들여다보았는가

소나무 잎새 사이로
내리쬐는 햇볕은
눈이 멀 정도로 눈부시고
순수한 맑은 물
땅속 깊이 스며들어
소나무 실뿌리에 다가간다

파마 머리카락처럼 가느다란
잔뿌리 목축이고 일어나
흙과 모래 바위틈 사이로
솔향기 배달 나와
솔가지 흔들어 깨운다

맑은 영혼의 初心

가랑잎

나뭇가지에 끈질긴 목숨
버텨왔건만
투명한 오후, 보이지 않는 칼날에 스쳐
질긴 목숨은 숨을 거둔 채
땅에 떨어져 바람에 뒹굴다

양지 녘 언덕 아래
푹 팬 나무 밑에 너와 나 모여앉아
옛 얘기 도란도란
봄 오면 싹트기만을 간절하게 빕니다

맑은 영혼의 初心

겨울나무

승승승
한겨울 칼바람 시도 때도 없이 불어와
온몸을 애처롭게 베어도
그에 굴하지 아니하고
걸쳐 입던 옷가지들마저 훌훌 벗어 던지고
의젓하게 꿋꿋이 서서
한 줌 햇볕에 따스한 정 온몸으로 느끼며
가물가물한 따스한 봄날
무지개 넘어
아지랑이 아롱아롱 피어오르는
그날을 기다리고 있겠지

맑은 영혼의 初心

겨울나무 옷

벌거벗은 몸으로
북풍한설 속에
기죽지 아니하고
당당히 맞서서

온몸이
꽁꽁 얼어붙어
죽을 만큼 춥지만

어느
신께서는
견딜 수 있을 만큼

고통 뒤에
부귀와 영화를
준다고 하였는가

오고 가는
사람들의 눈초리도
이겨내고 서 있기에

불쌍히
여기는 사람들이
쓰다듬고 만져주는
느낌도 견뎌내니

하얀 꽃송이
펑펑 내려주며
머리끝에서 발끝까지
하얀 옷
입혀주고 있구나

맑은 영혼의 初心

피라칸타

무술년(戊戌年) 새해 첫날 만난
피라칸타(pyracantha)의 사랑을 느끼며
새봄 따스한 햇볕 머금고
하얗게 피는 꽃잎에 노란
꽃밥마저 예쁘게도 피어라

푸르게 맺힌 열매
황적색으로 익어지고
차가운 겨울 눈이불 곱게 덮고
붉은색으로 무르익으면

겨울 철새들의 양식이 되고
한약으로는 적양자라는 이름으로
소화, 혈액순환, 지혈효능까지 있기에

꽃말처럼
알알이 영근 사랑 열매가
촘촘히 박힌 빨간 보석처럼
아름다운 사랑을 속삭이며
새 희망을 노래하고 있구나

맑은 영혼의 初心

달맞이 꽃대

달맞이꽃 노랗게 피워서
밤만 되면 노란 달만 쳐다보고
한겨울 찬바람도
아랑곳하지 않고
무엇이 그리도 그립기에
넋이 나간 깡마른 몸뚱이는
혼미한 영혼마저
탯줄을 그리워하듯이
싸늘히 식어버린 빈 하늘만
쳐다보며 몸서리치고 있구나

맑은 영혼의 初心

낙엽 사랑

빨간 손에 작은 손가락
살랑살랑 흔드는 손바닥
그 아름다운 모습에 빠져
정신은 혼미해지고
두 눈동자는 황홀한 사랑에 폭 빠져들어
불어주는 미풍에
살랑살랑 춤추며
나풀나풀 날아온 빨간 낙엽 하나

그 향기 코끝에 전하며 눈 가리고
귓속말로 나만 보라하기에
작은 눈꺼풀 게슴츠레 떠보니

낙엽에 덮인 눈꺼풀은
숲을 볼 수가 없기에
낙엽,
하나만 보고 살리라

맑은 영혼의 初心

버들강아지

하얀 눈밭에
버들강아지 나무
꽃눈 피웠네

맑은 영혼의 初心

솔방울

활짝 핀 솔방울들이
추위를 이기지 못하고
노란 솔잎 위에
툭툭 떨어져
매서운 겨울 칼바람 부는 대로
여기저기 뒹굴어 다닌다

활짝 핀 솔방울 몇 송이 주워
김이 모락모락 나는 따뜻한 물로
깨끗이 씻어주니

속살 보이기 부끄러워
온몸을 꼭꼭
단단하게도 움츠린다
움츠린 몸 씻어 내어
방안에 데려오니
무엇이 궁금할까

또다시 활짝 피어
두리번두리번
여기저기 기웃거리다

다시금 물을 뿌려주니
간지러움에
온몸을 움츠리며
물 한 사발

배부르게 머금고

주인님 방안 건조할 때
단단한 몸 천천히 열어젖히며
방안 구석구석
습도조절 하고 있구나

맑은 영혼의 初心

백두 아기 기린초

가냘픈 줄기 하나로
겨우내 밖에서 모진 한파 견디면서
피우지 못한 잎새의 한을
강렬한 붉은 꽃으로 피어올라
서로 좋아 빵끗빵끗 미소 짓고
불어오는 훈풍에 얼었던 몸뚱이
스멀스멀 녹여가며
아주 천천히 길게 더 길게 슬금슬금 기어서
서로서로 기나긴 목을 받쳐 들고
떠오르는 해님에게 수줍은 알몸을
서로 먼저 내밀며 예쁜 짓 하려고
재롱잔치 하고 있구나

맑은 영혼의 初心

갈등(葛藤)

갈(葛 칡갈) 등(藤 등나무등)
칡덩굴은 오른쪽으로 감아 올라오며
온몸을 조여오고
등나무 덩굴은 왼쪽으로 감아 오르며
내 몸을 조여와 갈등이라 부르지만

이건 또 무엇이란 말인가
마삭줄 온 가족이
나를 향해 온몸을 휘감아 돌며
숫구쳐 올라온다

엎친 데 덮친 격이라고 그랬던가?
담쟁이덩굴 가족들도 모두 나와 덩달아 감고
감아 가며 올라오니 나의 혈색은 하얗게 변해가고
가지는 꺾이고 말라비틀어지는
이 몸뚱어리를 어찌하란 말인가

마삭줄과 담쟁이의 고통은
마담이라 불러야 하는가?
이 노릇을 어찌하면 좋을까

맑은 영혼의 初心

자귀나무

공작의 벼슬처럼
암술과 수술들이 모여서
꽃잎처럼
예쁘게 피고지고
지금은
씨방만 남아
떨어지는 씨방들

맑은 영혼의 初心

자귀꽃

낮에 피는 꽃 자귀나무꽃
밤이 오면 작은 수술과 긴 암술들이
부부 한 쌍이 잠자리하듯 오그라들어
이 꽃말처럼 느끼는 환희

지금은 씨방 하나하나를 터트려가며
미래의 꿈을 그리며
영혼마저도 맑게 씻어버리고
탯줄의 기억 감추고
생을 마무리한다

맑은 영혼의 初心

회양목

북한 강원도 회양에서
그 이름표를 달고 태어난
회양목

사시사철 겨울철 한파에도
아랑곳하지 않고 묵묵히 자란다
꽃은 피어도
잎도 없이 수술과 암술뿐

세 갈래로 갈라진 백색의 씨방들이
하얀 겨울에도 굴하지 않고
까만 씨앗의 흑심을 품고 있구나

눈이 걷히고 나면
백색의 씨방들은 입 꽉 다물고
참았던 씨방을 열어
씨앗들을 톡톡 티트러 날려 보낸다
꽃말처럼 참고 견뎌내며 인내한다네

꽃은 작아서 잘 보이지 않아도
그 향기는 그윽하여
코가 먼저 꽃을 찾는 일이 비일비재(非一非再)하다

맑은 영혼의 初心

매화나무

들녘에 쌓여있던
하얀 눈이불 걷어내고

햇살에 채색된 초록 잎
들판 여기저기 손 흔들며
겨우내 참았던 향기
마음껏 토해낸다

언덕배기 양지 녘
매실나무 한그루
꽃말처럼 고결하고
맑은 마음으로 버텨온
충실한 인내의 달콤함으로
긴 팔 높이 뻗어 올려
매화꽃 활짝 피어
봄을 알린다

맑은 영혼의 初心

벚꽃 몽우리

따스한 봄볕에
숫처녀 젖 몽우리처럼
불그레한 모습으로
터질 듯 통통히
몽글몽글
속옷을 살짝 밀어 올리며
솟아오른다

손가락이 꼼지락꼼지락
만질까 말까 오글거리며
애간장을 태운다

이제 그만 애간장 녹이지 말고
환한 미소 짓고
어서어서 나오너라

화려한 웃음꽃 만발하며
하늘하늘 춤추고
꽃 입술에서 퍼져 나오는
그 향기에 내 맑은 영혼
잠재우고 싶어라

맑은 영혼의 初心

소나무의 기백

거우내 웅크리고
덜덜 떨면서도
푸르름의 지존은
지켜왔다

솔잎 사이로
불어주는
칼바람

솔잎 위로
소복소복 쌓여있던
하얀 솜이불의
함박눈

이제 다 녹여버린 봄
나도 이제 하얀 솜털
허물 벗고
꿋꿋이 천년의
세월을 그리며 솟아오르지만

봄 햇살이 선명히
비추어 주니
수줍음에 온몸이
붉어지고 있지만

닭살 돋은

숨구멍으로
솔잎 하나둘
꽂아가며

굳건히 딛고
일어서서
새로운 천년을
다시 또
딛고 서리라

맑은 영혼의 初心

하얀 목련

톡 톡 탁탁
심장 뛰는 소리 감추려
검은 나무 꼭대기에
거무스름한 목도리
칭칭 동여매고
하얀 치맛자락 펼치고
부는 바람에
치맛자락 휘감아 돌리며
동네 총각 눈 버리고
가쁜 심장 뛰게 하는
네 이름이 하얀 목련이구나

맑은 영혼의 初心

목련꽃 봉오리

긴 웅크림 뒤에
이제 터졌네

잘 익어가는
봄 햇살
한 움큼 쥐고서
뽀얀 얼굴
빠끔히 내민다

하얀 드레스 갈아입고
부케 하나
들고 서서

불어주는 미풍에도
손 흔들며

저 높은 곳에서
서로 먼저 봐 달라
목청 터질 듯
아우성칩니다

맑은 영혼의 初心

사랑의 씨앗

목련이 시집가던 날 저녁
하얀 드레스 풀어헤치고
달콤한 사랑 그 꿈속에서
신음 토하는 아픔을 참고
큰 씨앗 하나
몸에 심었다

맑은 영혼의 初心

개나리꽃

유치원 어린아이들
올망졸망
소풍 나왔냐?

새봄에
태어난
노랑 병아리

엄마 등에
올라타고
봄나들이 나왔더냐?

저기 저 멀리
부드럽게 움직이며
춤추는 모습

이 모든 것이
야생의 행복한 삶이
아니겠는가

맑은 영혼의 初心

사람과 꽃

꽃이 피는 시기는
아침 일출과 함께 피는 꽃
저녁달과 별 보며 피는 꽃
그 추운 겨울 참고 견디며 꽃향기 품고
봄에 피는 꽃

열대야 열기 속에 피는 꽃
쌀쌀한 가을비에 피는 꽃
찬 겨울 한파 속에 피는 꽃
이러한 꽃들 피어나면서
진한 향기로 알리는 존재

인간의 꽃이 좀 늦게 펴도
걱정하지 마세요
늦게 핀 인화(人花), 그의 향기는
만리에 퍼져 온 세상천지
존재를 펼쳐 나갈 것이다

맑은 영혼의 初心

자목련 사랑

따사로운 봄볕 그리며
추운 겨울 참고 견뎌냈건만
포근한 봄날에 꽃망울 터트리니
메마른 봄바람 얼굴을 스치고
따스한 햇볕에 얼굴 내밀어
환한 함빡 웃음을 지었건만
백옥같이 고왔던 나의 피부
어느덧 붉게 그을린 피부가
자색으로 변하여
백목련이 이루지 못한 사랑
자목련은
숭고한 사랑으로 남으련다

맑은 영혼의 初心

밥꽃

하얀 쌀, 함지박에 박박 씻어
하얀 쌀뜨물 거둬내고

검은 가마솥에
쌀을 씻어 앉히고
아궁이에 장작불 짚혀 끓여낸
흰 쌀밥에
윤기가 자르르 흐른다

놋쇠 밥그릇이 비좁아서
몸부림치며
밥상으로 구르고
도자기 밥그릇이 그리도 싫었나
밥풀들 하나둘 뛰쳐나와

조팝나무 가지에
다닥다닥 붙어서
밥 알갱이 하나둘
톡톡 터뜨려가며
여린 잎 하얀 꽃 조롱조롱 피우고

보들보들 작고 여린 꽃잎들
꽃샘추위
찬바람에 덜덜 떨며
파르르 파르르 온몸 소름 돋네

밥그릇 고향이 못내 그리워
서로서로 부둥켜 안아주며
조급한 마음 발만 동동 구르다
그리운 고향 하늘 바라보니
빈 하늘이 서럽기만 하구나

맑은 영혼의 初心

백목련

저 파란 하늘에 하얀 목화송이
하나둘 튕겨 나와
껍질을 톡톡 터트리며
조각구름 만들고

친구들 모두 떠난 지금
고귀한 자태 뽐내며
시간의 흐름을 역류하듯

뒤늦게 피어나는
목련꽃 송이마다
못다 이룬 사랑이 서글퍼 흐느끼며

흰 목련꽃은 하늘만 쳐다보고
고귀한 꽃송이 하나들 터트리며
못다 이룬 사랑에 목이 말라
하늘 향해 팔 벌려
애원한다

맑은 영혼의 初心

흰 제비꽃

순진한 꽃 하얀 꽃
수수한 꽃 토종 꽃
행운을 불러주는 흰 제비꽃
검은 돌 틈 사이에 하얗게 피었네

순진무구한 사랑 가슴에 가득 안고
봐 주는 이 없을까
못 믿어 검은 돌 틈에 하얗게 피었나
흰제비꽃

오랑캐들이 쳐들어올 때 핀다고 해서
오랑캐꽃이더냐
꽃송이 둘이 붙어 있으면
씨름선수의 모습을 닮아 씨름꽃이더냐

재미있는 다른 이름을 지니면서
행운을 가져다주는 행운의 꽃
너를 보다 집에 가는 것도 잊어버리고
너에게 넋을 빼앗기고 있구나

맑은 영혼의 初心

꽃비

예쁜 봄바람 살랑거리며 불어와 주는
미풍 속에서
나붓거리며 꽃비 내려요
세상천지에 날리는 꽃비,
떨어진 꽃잎 바라보면서

아쉬워 두 팔 벌려 내민 손
손바닥으로 꼭 감싸 쥐고
가지 말라고, 가지 말라고
그 모습으로 여기 그대로
그 향기 품은 모습 그대로

변함없는 맘 보여주면서
내 곁에 있어 달라 애원도 해 보았는데
부는 바람에 떠나는 꽃잎

초라한 모습
가슴 한쪽에 찬바람 분다

맑은 영혼의 初心

대나무

항상 푸르름 속에서
초심을 잃지 않고
꼿꼿한 성품을 지닌 채
늘 그 자리에 서서

대나무 한 마디마다
깊은 속 비워 가며
시련의 주름살 마디마디를
만들어 놓고

북풍한설 몰아치는 칼바람과
뜨거운 태양열 불볕더위 속에서
태풍 속 비바람도 꼿꼿이 견디며

환한 미소 잃지 않고
빈속을 또 다시 비워가며
아무 일도 없었다는 듯이
꼿꼿한 성품에 초심을 잃지 않고
묵묵히 그 자리를 지키고 서 있다

맑은 영혼의 初心

꽃마리

너무 작아 그냥 지나치는 토종 야생화
길가 주변과 가로수 밑에도
무수히 많이 피어나는 꽃

시계 태엽처럼 돌돌 말려 있다
서서히 풀리면서 아래쪽에서부터
아주 작은 꽃이 피어나기 시작하는 꽃

출퇴근길에 늘 거기에 모여 있지만
무관심 속에 이른 봄부터 피었다가
찬바람 불어오면 사라지기에
꽃말도 나를 잊지 말라로
붙여진 모양이다

본 이름은 꽃줄기가 말려 있다 해서
꽃말이라 부르다가 소리 나는 대로
꽃마리로 지정된 꽃마리꽃

쪼그리고 앉아 사랑을 주지 않아도
나를 잊지 않는다면 행복합니다
정말 정말 나를 잊지 말아요

맑은 영혼의 初心

꽃밥

밥나무 초록 위로
흰쌀 밥풀 하나둘 옹기종기 모여
쌀눈 틔우며
하얀 꽃 소복소복 복스럽게 담아놓고

지나는 나그넷길 지친 몸 쉬어가라
꽃향기 불어넣어 허기진 배 달래주며
이밥 한 사발 담아줄까
백설기 한 조각 쌓아줄까
흔들리는 가지마다
이팝나무 그림자 위로
하얀 꽃눈 떨어져 쌓이니

흰 쌀밥이면 어떠하리
백설기 떡가루면 어떠하리
하얀 눈송이라도
배부르면
그뿐인 것을

맑은 영혼의 初心

오월에 핀 꽃 한 송이

언제부터인지 알 수는 없지만
오월의 어느 날
꽃 한 송이 눈에 들어와
내 가슴 한 켠에 허락도 없이
고운 자태로 자리 잡았다

빨간 카네이션 한 송이에
아버님이 걸어오신
역사의 뒤안길이 담겨있고
빨간 카네이션 한 송이에
어머님 품속에 따뜻하고 고운 사랑이
담겨 있기에

올해도 변함없이 그날에
빨간 카네이션 한 송이
부모님 대신하여 허락 없이
가슴속 한 켠에 자리 잡는구나

삶의 뒤안길을 그리며
가슴 뭉클하게 그님이 그리워
하얀 카네이션 한 송이가
가슴 한 켠에 활짝 피었네

맑은 영혼의 初心

숙맥불변(菽麥不辨)

콩 한말과 보리 한말을 섞는 일은
눈 깜박할 사이지만
다시 골라 원위치 시키는 일은
불가능에 가깝다
공든 탑을 쌓아
순식간에 무너뜨리는
어리석은 짓을 만들지 말고
콩과보리를 고를 줄 모르는
숙맥불변(菽麥不辨)은 되지 말자

맑은 영혼의 初心

때죽나무

하얀 귀고리가 대롱대롱 매달려
흔들흔들 거리다 꽃잎새 하나둘 톡톡 터져
새하얀 미소와 꽃말처럼 겸손하게 고개를 숙인다
때죽나무 그늘 속에 누워
진한 꽃향기에 만취하고 수없이 터지는 꽃송이에
맑은 영혼까지 빼앗기고 넋을 잃고 사르르 잠든다
씨를 빻아 물속에 넣으면
물고기가 떼로 죽는다는
유래에서 때죽나무일까
빨래할 때 기름때를 뺀다하여
때죽나무라 부를까

맑은 영혼의 初心

송화다식

푸른 소나무 가지 위에
송글송글 피어있는 송화

한 송이, 한 송이 정성스레
탈탈 털어 조심조심
그릇에 담아

떫은 맛 지우려고
물엿으로 버무려
반죽 하시고

다식판에 꾹꾹 눌러
또 하나의 꽃을 피우시는
어머니

그 손등은 소나무 껍질처럼
거칠어도
그 향은 달콤한 사랑이어라

맑은 영혼의 初心

들꽃

연초록 덩굴은 들판에 뒹굴고
보랏빛 꽃잎은 호랑나비 되어
연초록 덩굴 위를 훨훨 노닐고
흔들흔들 춤추는 덩굴 위에
벌 나비 함께 모여 어여쁜 날갯짓
나풀나풀 가벼웁게 살랑이니
보랏빛 살갈퀴나물 덩굴에 매달려
꽃송이 대롱대롱 흔들며 그윽한 향기
품어내며 살며시 내미는 순수한 유혹
꽃 덩굴 하나 따다 목에 걸어 보니
노총각 심장 뛰는 소리 쿵더쿵 들리고
바라보는 눈빛이 밤하늘에 별이로세

맑은 영혼의 初心

참조팝나무꽃

주먹밥 한 덩어리
또 한 덩어리가 모여
커다란 주먹밥 사발이 되었냐

알록달록 잡곡들이
모두 모두 여기모여
색깔마저 아름다운
잡곡밥이 되었냐

수수팥떡을 동글동글
귀엽게 빚어낸 것들일까
참 아름다운 여름꽃

꽃말처럼
단정히 차려입은
맵시의 사랑이런가

뜨거운 여름 날씨처럼
끌어 오르는 가슴을
설렘으로 몸서리치게 한다

맑은 영혼의 初心

살갈퀴나물

내가 나왔어요, 요기에요
나 좀 봐주세요, 한번만요
이름은 살갈퀴나물 꽃이에요
무서워도 꽃말은 예뻐요
사랑은 아름다움이에요

좋은 날 숨어서 안 필래요
당당히 활짝 피어 볼래요
너무 흔해 잡초처럼 봐요
그래도 토종 야생화예요
빗살과 갈퀴를 닮았어요
그래서 살갈퀴나물이죠

새싹은 봄에 나물로 먹죠
덩굴은 말려 약으로 쓰죠
몸 전체는 비료로 쓰죠
살갈퀴 꽃은 예쁜 꽃 맞죠

맑은 영혼의 初心

사계 국화

예쁘게 단장하고 일찍이
나오셨어

따스한 새 봄날에 설레는
가슴 안고

어여쁜 꽃 사계 국화 고상하고
맑은 꽃

맑은 영혼의 初心

산딸나무

1
선명한 하얀 잎새 서로를 마주보며
바람에 흔들리니 하늘에 구름인가
나무에 흰 눈꽃인가 흰나비가 춤추네

2
바람에 흔들리는 가지에 흰나비가
쌍쌍이 사랑놀이 한판에 신명나네
예수님 떠나신 자리 십자가로 피었네

맑은 영혼의 初心

초록행복

초록의 계절에는
콧구멍을 살짝 넓이고
숨을 들여 마실 때마다

초록의 입자들이
살며시 따라 들어와
이내 심장마저
초록의 심장을 만들어 버리고
젊음의 뜨거운 혈기마저
초록으로 물들여 놓는구나

세 잎 클로버의 행복을 느끼며
네 잎 클로버의 행운도 은근히
기대하며 찾아보다
초록의 늪에 깊이 빠져
꿈나라도 초록으로 물들이고
행복의 꿈나라로 여행 하련다

맑은 영혼의 初心

덩굴장미

5월은 이미 저만치 가고
이미 온 6월 속에서 피어
꽃의 여왕인 덩굴장미가
담장을 넘어 푸른 하늘에
가는 5월을 잡으려 한다

맑은 영혼의 初心

남천나무 꽃

몽올몽올 하얀 꽃 몽올이
당알당알 당차게 매달려
팝콘 터지 듯 탁탁 터지고
한 송이 솜사탕처럼 피어
轉禍爲福(전화위복)으로 다시 폈다

사랑이 열렸네 수정처럼
알알이 알알이 맑은 수정
순박한 사랑으로 수줍은
사랑의 꽃망울
톡톡 터져
온 동네 사랑으로 덮는다

맑은 영혼의 初心

들꽃
초심/유영철

아침저녁 오가는 출퇴근길
매일 그 자리에 있었거늘
어이해 한 번도 보질 못했나
눈이 없어서도 아니고
시간 없어서도 아닌 것을
그 누구도 봐주는 이 하나 없네
출근길 해 뜨면 활짝 핀 모습으로
손 흔들며 잘 다녀오라 인사하고
퇴근길 해 질 무렵 불평 하나 없이
수고했다 고개 숙여 인사하는구나
오늘이 되어서 자세히 보고 있으니
정말 아름답기 그지없구나
한참을 들여다보고 있노라니
사랑스럽기도 하고 은은한 향기에
깊은 정에 빠지게 되는구나
이제부터 깊은 관심으로 가까이 다가가
자주 들러 사랑 얘기 속삭이자 들꽃들아

맑은 영혼의 初心

야생화
– 초심 유영철

눈길 한번 받기도
힘든 숨겨진 이름
야생화
보아 주는 이 하나 없이도
한결같이 피고 지고
비바람에 태풍까지
천둥 번개 날벼락까지
모두 견디며 버텨도
작은 미소 눈웃음 지으며
하소연 한 번 하지 않고
작은 향기 풍기니
작은 벌과 나비들은
그를 맞으며 반겨주고 있구나
꼼꼼히 구석구석 살펴보니
참 사랑스럽게 생겼구나
보고 또 봐도 자꾸자꾸
보고 싶으니
꼭 내 사랑 같으구려

맑은 영혼의 初心

숲속의 향기
- 초심 유영철

새봄 햇살 내려 쬐는
양지바른 언덕길 모퉁이
진달래 개나리 향기 품고
빨강 노랑 분홍 야생화도
짙은 향기 품어대기 시작한다

솔솔 부는 봄바람에 향기 실어 날려 보내니
벌 나비 날아들어 춤추고
산새 들새 모두모여 노래 부르네

잎새에 스치는 바람 소리에
풀벌레도 소리 높여 살아있는
존재를 알리고
숲 속의 향기에 심취되어 버린
미생물들도 넋이 빠져 잠이 들고
꿈속에서 잠꼬대로 흥얼댄다

맑은 영혼의 初心